www.tredition.de

AF176929

Carolin Rother

Adlernebel

Novelle

www.tredition.de

© 2018 Carolin Rother

Verlag und Druck: tredition GmbH, Hamburg
Bildquelle: Pixabay freie Bilder: https://pixabay.com/de/baum-natur-landschaft-3302829/

ISBN
Paperback: 978-3-7469-3147-0
Hardcover: 978-3-7469-3148-7
e-Book: 978-3-7469-3149-4

Für meine geliebte Trattln ;)

Es war mitten in der Nacht, als das Telefon klingelte. Kaltes Mondlicht schien durch die Vorhänge zum Fenster herein und tauchte mein Zimmer in ein diffuses Licht, das die Möbel weitgehend unsichtbar ließ. Noch halb schlafend versuchte ich mich zu orientieren. Meine Hand ging wie von allein zum Wecker und drückte: halb zwei! Wer um Himmels Willen rief denn um diese Zeit an? Das Telefon klingelte wieder, laut und fordernd. Ein Geräusch das ich jetzt nachts nicht ertragen konnte. Müde schwang ich die Beine aus dem Bett und zitterte sogleich. Im Gegensatz zu der warmen Bettdecke war das Zimmer eisig. Eine Gänsehaut bildete sich auf meinen Armen. Ich versuchte so schnell wie möglich aufzustehen, was wenn der Anrufer irgendetwas Dringendes zu berichten hatte?

„Bin ja schon da, bin da" murmel-grummelte ich vor mich hin als ich mich Richtung Flur tastete.

„Mist, verdammte Scheiße" fluchte ich dann laut, ich hatte mir meinen kleinen Zeh an der Schlafzimmertür gestoßen und der Schmerz schoss rot durch meinen ganzen Körper Das Telefon aber klingelte weiter. Ich versuchte also meinen pochenden Zeh zu ignorieren und ging, etwas humpelnd, in den Flur, knipste das Licht neben dem Telefon an und nahm dann endlich den Hörer ab, inzwischen ängstlich, was mich am anderen Ende erwartete:

„Ja, hallo, Charlotte hier, wer ist denn da? Was ist denn los?"

„Charlotte, Schatz?"

Das war die Stimme meiner Mutter und auch nicht, denn sie klang seltsam verzerrt, tränenerstickt. Ein eisiger Schauer rieselte durch mich hindurch und ich sah wie meine

Hand, die das Telefon hielt zu zittern begann. Sie wurde eiskalt. Ich schluckte hart, hielt den Atem an.

„Kannst, kannst du zum Krankenhaus kommen, bitte. Zia, Zia hatte einen Unfall, sie sie ist im OP."

Zia schoss es mir durch den Kopf, mit allem hatte ich gerechnet, aber nicht, dass meiner Schwester etwas zugestoßen sein könnte.

„Ich komme sofort Mama, in welchem Krankenhaus seid ihr?"

„Im Evangelischen".

Ich legte auf und war ab dann wie ferngesteuert, ein klarer Teil von mir übernahm, griff den Zettel des Taxiunternehmens der hinter dem Spiegel überm Telefon klemmte, wählte, bestellte ein Taxi zum Krankenhaus, zog eine Jogginghose an, anstatt der kurzen Pyjamahose, und eine rote Pulloverjacke über das T-Shirt, in dem ich geschlafen hatte, nahm eine

Tasche, verstaute Schlüssel, Handy, Portemonnaie darin, zog noch eine Winterjacke über und ging dann vors Haus in die kalte Nachtluft hinaus, die nach Schnee und Sternen roch. Das Taxi sollte in fünf Minuten da sein. Noch nie waren mir fünf Minuten so lang vorgekommen. Alles war so unwirklich, was ich hier tat. Mitten in der Nacht stand ich vor meinem Gartentor. Der eisige Wind bewegte raschelnd ein paar Blätter, in der Ferne hörte man die Autobahn rauschen, die Sterne funkelten, ebenso der Schnee. Die Laternen waren schon ausgeschaltet. Die restliche Welt schlief.

Ich trat von einem Fuß auf den anderen. Mein Verstand verweigerte mir den Dienst. Morgen würde ich doch bestimmt aufwachen und alles würde so sein wie immer, ich würde mit Zia telefonieren und scherzen...es würde nichts allzu Ernstes sein, sagte mein Verstand. Ich war mir bewusst, dass er mir etwas einredete, dass ich mir etwas einredete. Natürlich konnte es ernst sein, Mama hatte sehr verzweifelt geklungen. Das war halt diese blöde Ernsthaftigkeit des Lebens. So etwas passierte nicht nur in Filmen und Büchern, es passierte auch jetzt und hier, auch Zia und mir, wir waren so verdammt verletzlich.

Das Taxi kam an den Bordstein gefahren während ich dachte und dachte und ich stieg ein, ich erinnere mich noch, dass der Taxifahrer mir einen seltsamen Blick zuwarf, als würde er wissen, dass etwas ganz und gar nicht stimmte, fuhr ich ja auch nachts in Joggingsachen zum Krankenhaus. Er musste kein Genie sein, um zu wissen, dass ich nun wohl einer der Pechvögel war, in dessen Leben das Schicksal brutal zugeschlagen hatte.

Ich erinnere mich, dass er eine blaue Baseball-Cap trug und ich noch dachte: genau so eine wie Luke aus Gilmore Girls immer trägt, und schon fast lächelte, als mich ein kalter Stich zurückbrachte, mich wieder wissen ließ, dass dies hier ganz und gar grausam war. Und ich schaltete ab, die Fahrt zum Krankenhaus ab dann bekam ich kaum mehr mit und als ich ankam standen Mama und Papa vor dem Krankenhaus und ich wusste das war kein gutes Zeichen, sie weinten, sie sahen mich, sie weinten mehr. Mama streckte die Arme zu mir und ich guckte verloren von Einem zum Anderen, meine Augen kamen mir riesengroß vor, sie versuchten die Ausdrücke meiner Eltern zu lesen, zu deuten. Ich atmete nicht mehr. Was ist los, wollte ich schreien, aber ich sagte nichts, ich schluckte.

„Schatz", sagte Papa mit einer Stimme, die ich noch nie an ihm gehört hatte und einem Blick, der sich mir tief in die Seele brannte.

„Schatz, Zia hat es nicht geschafft, sie hat die OP nicht überlebt, wir warten nun, bis wir sie sehen können."

Ich starrte Papa an, ich sagte nichts, ich weinte nicht, ich starrte und dann sagte ich „Nein" mit einer ruhigen Stimme.

„Nein, Zia ist nicht tot?"

Papa schaute mich nur an, was hätte er auch anderes tun sollen, und tief in mir wusste ich, dass das was er sagte wahr war, natürlich er würde wegen so etwas ja niemals lügen, aber etwas in mir sperrte sich so unglaublich dagegen das wirklich zu realisieren. Mama umarmte mich nun schluchzend und ich hätte ihre Arme am liebsten weggeschlagen. Warum, weiß ich nicht genau. Er war einfach in mir, der Impuls, und eine gemeine Wut.

Ich bin nicht deine einzige Tochter dachte ich, *das kann ich nicht sein. Dazu bin ich nicht bereit. Nein, nein, nein. Ich brauche meine Schwes-*

ter, ich will meine Schwester, jetzt, hier, wo ist meine Schwester, wo ist sie.

Mit einem *Whoosh* trat ein Arzt durch die elektrische Tür zum Krankenhaus. Sein Mantel wehte bei seinem schnellen Schritt hinter ihm her. Hatten eigentlich alle Ärzte diesen schnellen effizienten Schritt? Stand das in der Berufsbeschreibung? „Sie müssen aber fein schnell laufen können, eben wie ein Arzt im Film, denn das verrät den Menschen dann, dass sie vertrauenswürdig sind, dass sie selbstbewusst und zügig handeln" Bah.

Der Arzt der uns jetzt entgegenkam und später auch in die Pathologie zu dem grausamen kalten Tisch auf dem Zia lag führte, war recht gutaussehend: jung, braunes volles Haar. Zia und ich hätten darüber geredet, wie man eben als Schwestern redet und scherzt. Ich biss die Lippen zusammen, nur das Zia nicht entlassen werden würde und wir nicht darüber reden konnten wer wen behandelt hatte.

„Was ist eigentlich genau passiert" fragte ich Mama leise während wir den kühlen Korridor entlang schlichen.

Das war im Winter gewesen. Letzten Winter. Kurz vor Weihnachten. Ich konnte mich daran erinnern, dass ich in den Wochen nach dem Unfall zu einer unheimlichen gruseligen Ruhe fand. Meine Eltern versuchten so gut wie möglich klarzukommen. Sie glaubten auch ich würde wieder mehr zu mir gefunden haben, aber das stimmte nicht. Ich hatte einfach diesen Schalter gefunden, mit dem man seine Gefühle abstellt. Oft saß ich abends bei Kerzenschein in eine warme Decke eingewickelt auf meinem Sofa und schaute aus dem Fenster, stundenlang. So ruhig. So ruhig, dass es mir manchmal Angst machte. Ich spürte kaum die weiche Decke, schmeckte kaum den Kakao, die Kekse. Alles war Staub wurde Staub und taub. Das Einatmen fiel mir öfters schwer und das machte mir noch mehr Angst.

Wie lebte ich also mein Leben danach? Keine Ahnung, gar nicht? Alles fließt zusammen in einen unwahrscheinlich grauen Film. Ich weiß, dass ich tanzte, dass ich trank, dass ich in one-night-stands Zuflucht suchte, dass ich was anderes spüren wollte als dieses Loch, das meinen Brustkorb aushöhlte. Am liebsten hätte ich mich selber aufgerissen und mein Herz herausgeholt, geschüttelt und gerüttelt, damit es losließ und sich auf anderes konzentrierte. Ich feierte kein Weihnachten, ich feierte gar nichts. Ich war eine Tote unter Lebenden.

Träume

Es gibt einen Traum, den habe ich immer wieder, seit diesem Tag im Krankenhaus. Egal was ich träume, wenn ich einschlafe, ob ich auf einer Insel bin, in einem alten Schloss sitze oder in den Bergen klettere, irgendwann lande ich immer auf einer Straße, einer Straße, die ich nicht kenne. Sonst sind mir die Gegenden meiner Träume leicht vertraut, das heißt im Traum weiß ich genau in welcher Parallelversion der wirklichen Welt ich gerade bin, auch wenn die Traumlandschaft leicht verändert ist, irgendwie schöner gemütlicher, als wär die Landschaft mit meinen Gefühlen verwebt. Aber diese Straße ist mir immer unbekannt und schon wenn ich sie hinunterschlendere wittert mein Traum-Ich Gefahr. Ich will die Straße nicht weitergehen. Die Landschaft zu beiden Seiten ändert sich schnell, als würde ich mit dem Auto fahren, auch wenn ich immer noch laufe, ich nehme die Baumstämme, die sich mit braunem Aufflackern abwechseln, besonders wahr und dann gelange ich auf eine Waldstraße, in unglaublicher Geschwindigkeit zoome ich genau dahin, wo ich nicht hinwill. Da ist ein Autowrack zwischen den dunkelgrünen Tannenzweigen. Im Unterholz. Ich stehe daneben, weiß und klein. Schaue auf das Autowrack und dann sehe ich es Zias rotes Haar, ausgebreitet über dem Lenkrad und ich schreie, will schreien es kommt kein Laut und Zias Haar ist nicht mehr ziarot es ist blutrot und das Blut tropft, tropft auf ihren Arm, in den Fußraum, es ist überall.... Und meistens wache ich dann auf mit klopfendem Herzen, es pocht ängstlich als würde es am liebsten aus meinem Körper flüchten, der es einsperrt. Egal wie unterschiedlich meine Träume sind, diese Straße kann sich überall hineinschieben und dann gibt es kein Zurück mehr. Manchmal habe ich inzwischen Angst einzuschlafen, ich weiß nicht wie ich diesen Traum stoppen kann....

Ich habe Angst zu atmen, ich habe Angst zu schlafen, ich glaube ich habe Angst zu leben!

Einige Zeit später

Im Frühling

Freitagnachmittag

Eine kleine Kohlmeise zwitscherte laut in den Zweigen der Moor-Birke. Ich kniete direkt unter dem grünen Blätterdach und bearbeitete konzentriert eines meiner Blumenbeete, schaute nun jedoch kurz hoch und suchte das singende Vögelchen. Es war gar nicht so leicht es in dem Gewirr aus Ästen, Zweigen und Blättern zu entdecken. Doch, da war es. Laut und klar und mit stolz geschwellter Brust trällerte die Meise ihr Liedchen. Sie gab sich richtig Mühe und ihr gelbes Gefieder leuchtete im Kontrast zu ihrem Schwarzen. Ich lächelte still und dann wendete ich mich wieder meiner Arbeit zu. Gräser und Klee hatten sich überall im Garten die Vorherrschaft erkämpft. Ich zupfte sie nun aus der feuchten kühlen Erde, um ein blaues Meer Vergissmeinnicht zum Vorschein zu bringen. In meinem großen wilden Garten gab es immer etwas zu tun. Ich atmete ruhig und zufrieden in der Naturstille. Die frische klare Luft tat mir gut. Immer tiefer atmete ich, roch die Pflanzen und die aufgelockerte Erde.

Durch eine aufkommende Windböe fingen die hellgrünen Birkenblätter über mir leise an zu flüstern. Sie bewegten sich zischelnd, raschelnd. Plötzlich fiel ein Regentropfen mitten auf meine Nase. Ich guckte hoch in den Himmel. Blau war er heute nirgends, weiße dichte Wolken bedeckten jeden Himmelswinkel und in der Ferne über dem Wald sahen die Wolken auch schon eher dunkelgrau als weiß aus. Ja, dort ballten sie sich wirklich unheilverkündend zusammen!

Ich kam aus meiner unbequemen Hockposition nach oben, streckte mich und strich nachlässig meine vom jäten erdschwarzen Hände an meiner Jeans ab. Dann griff ich nach dem kleinen roten Eimer, in dem sich die heraus gezupften Pflanzen befanden, und schlenderte mit der Harke in der anderen Hand an der Terrasse vorbei in den Vorgarten.

Fast staunend blickte ich mich hier um. Ein Frühlingsgarten sprüht, funkelt und überrascht einen jeden Tag aufs Neue. Grün und dicht standen meine Pflanzen inzwischen beieinander. Sie zeigten ihre ganze frische Pracht. Er war jetzt so lebendig im Gegensatz zu seiner einschläfernden Ruhe im Winter. Vögel hüpften jetzt emsig in den Beeten umher, pickten hier und da und wendeten behände mit den Schnäbeln größere Erdkrumen und Blätter um. „Ist dort vielleicht noch ein Leckerbisschen?", schienen sie sich zu fragen. Ein kleiner Spatz kam mir besonders klug und lebendig vor. Konzentriert betrachtete er etwas im Rasen und neigte dabei sein Köpfchen hin und her. Er überlegte. Ich lachte leise, denn er war so putzig. Ich liebte es wirklich all die Tiere im Garten zu haben. Sie mochten ihn scheinbar auch so gerne wie ich. Ein Frosch quakte zufrieden irgendwo hinten bei den kleinen Teichen.

Die Luft schien nun aber merklich abzukühlen, während ich da im Vorgarten stand. Ich zog den Reisverschluss meiner Fleecejacke bis ganz nach oben und hob die Schultern an, um nicht zu frösteln. Die Stimmung im Garten hatte sich schleichend verändert. Um den kleinen Apfelbaum flogen keine Bienen und Hummeln, Schmetterlinge sah ich ebenfalls nicht. Ein leichter Wind kam auf und brachte mehr Böen. Irgendwie lag Spannung in der Luft, es würde bestimmt bald anfangen richtig zu regnen. Ich beschloss nur noch die Pflanzenreste auf den Kompost zu werfen und dann hineinzugehen, mich schnell zu duschen, um später auf der überdachten Terrasse mit Tee und Buch das graue Unwetter beobachtend zu genießen. Ich liebte solche Abende.

Als ich an meiner Gartenpforte vorbei kam, hörte ich ein Schlurfen und Schniefen von der Straße. Dann erschien eine hinkende gebeugte Gestalt auf dem Bürgersteig vor meinem Garten. Sie hatte vorsorglich eine durchsichtige Regenhaube um den Kopf gebunden und trug einen langen beigen Mantel. An einer kurzen Leine wackelte ein alter Dackel neben ihr her. Frau Grundenfels, eine entfernte Nachbarin. „Ach, Kindchen" war alles was sie leise brüchig hervorbrachte, als sie mich bemerkte, dabei schüttelte sie geschlagen den Kopf. Ich winkte ihr kurz zu und wendete mich dann stirnrunzelnd ab. Sie wirkte so müde, traurig, unzufrieden. Wie man sich wohl fühlte, wenn man bemerkte wie die eigenen Kräfte schwanden, man langsamer wurde, nicht mehr tun und lassen konnte was man wollte. War man auch erleichtert, dass das Leben auf der Erde bald vorüber war? Nachdenklich leerte ich den Eimer im Kompost neben dem Geräteschuppen. Trübe Gedanken, immer trüber werdender Himmel.

Ich ging durch die Hintertür ins Haus hinein und zog meine alten Gartenturnschuhe aus, bevor ich den Lichtschalter anknipste. Gott, war es dunkel geworden in so kurzer Zeit. Hatte eigentlich ein Unwetter kommen sollen? Mir fiel ein, dass ich das Radio heute Morgen gar nicht angeschaltet hatte.

Ich stellte die ausgetreten Turnschuhe in meinen Schuhschrank. Hm, in einer Abstellkammer riecht es irgendwie immer nach Schuhpflegemittel und Waschmaschinenpulver. Mit dem großen Zeh zog ich den alten Flickenteppich zurecht, der verrutscht war als ich hineinkam.

Das Haus war so still, jetzt wo die Vögel und der Wind ausgeschlossen worden waren. Ich hörte das monotone Summen der Glühbirne und sonst... nichts.

Sockfuß schlüpfte ich in den Flur und lief dann durchs gesamte Erdgeschoss und machte Lichter an. Ich wollte Leben im Haus haben. Warum fühlte es sich plötzlich so dunkel und einsam an? In der Küche blieb ich stehen. Mein Herzschlag hatte sich merklich beschleunigt. Irgendwas fehlte hier drinnen! Draußen hatte ich mich wirklich auf den gemütlichen Abend gefreut, aber jetzt war ich irgendwie nicht genug.

Durch das Küchenfenster sah ich, dass draußen immer mehr Wolken aufzogen. Der Wind hatte an Stärke zugenommen und schüttelte bedrohlich Büsche und Bäume. Die Vögel waren verschwunden.

Ich stützte mich auf die Spüle und neigte den Kopf etwas, um besser hinausgucken zu können. Da war plötzlich dieser innere Drang und Wunsch auch da draußen zu sein, mich zu bewegen, den Wind zu spüren. Ich hielt es nicht aus hier drinnen allein mit mir. Da draußen war wenigstens Leben. Der erste dicke Regentropfen klatschte gegen die Fensterscheibe. Dann ging es richtig los. Ich stieß mich von der Spüle ab, hob den Kopf und lauschte. Lautes, hämmerndes Prasseln auf dem Dach. Das vertrieb die unangenehme Stille des Hauses. Draußen stürzten förmlich Fluten vom Himmel. In Sekundenschnelle war alles durchnässt worden. Es gurgelte und gluckerte in der Regenrinne, die versuchte mit den Wassermassen fertig zu werden. Wie elektrisiert lief ich zur Garderobe im Flur und riss alle verfügbaren Regensachen hinunter, die ich auch sofort überstreifte. Parka, Regenhose, Gummistiefel.

Schnell fischte ich noch meinen Schlüssel von der alten Kommode, öffnete die alte grüne Haustür und sprang die ausgetretenen Steinstufen hinunter. Ich lief kopflos über den Pfad zur Gartenpforte und stürzte fast hektisch auf den Bürgersteig hinaus. Dann erst spürte ich.

Regen. Nasser, grauer Regen fiel in langen Schnüren aus dem trüben, wolkenverhangen Himmel. Obwohl es erst vier Uhr war, schien die Welt schon in Dämmerlicht getaucht zu sein. Aus den anderen kleinen Häusern am Straßenrand schien warmgelbes Licht. Es war das leise Versprechen von Geborgenheit und Frieden. Familie.

Ich war hier. Ich stand auf der mit Kopfstein gepflasterten Straße. Allein. Aber jetzt fühlte ich mich besser, geborgen. Dicht verpackt und mit warmen Wollsockenfüßen stand ich einfach still da, ließ den Regen mich von der Welt abgrenzen. Ganz im Augenblick gefangen.

Das Trommeln des Regens auf der Kapuze meines Parkas war ziemlich laut. Wasser sammelte sich am Kapuzenrand und tropfte stetig in einzelnen dicken Tropfen platschend direkt vor meinem Gesicht auf die Straße. Überall um mich herum bewegte sich die Welt, das bemerkte ich erst jetzt. Tropfen über Tropfen fielen, sprangen vom Boden wieder ein Stück hoch, bildeten Pfützen, die wiederum Wellen schlugen, wenn sie von immer neuen Tropfen gestört wurden. Es duftete nach nasser aufgeweichter Erde aus den anliegenden Gärten. Dort tropfte es ebenfalls von großen dunkelgrünen Blättern, braunen Zweigen und Dachrinnen.

Vorne, eine Querstraße weiter, fuhr ab und an ein Auto schnell, spritzend vorbei. Die Scheinwerfer ließen den Regen funkeln und die Pfützen wurden zu hohen Wasserfontänen aufgewühlt. Ich hörte die lauter und leiser werdenden Motoren. Langsam ging ich los. Je näher ich dem Marktplatz kam, desto mehr Menschen kamen mir entgegen. Sie schienen relativ genervt zu sein! Mürrische Blicke wanderten in den Himmel, leise Flüche begleiteten die huschenden Beine. Für sie, die Anderen, galt es nun bloß keine Zeit mehr zu verlieren, jeder wollte dem „Mistwetter" entgehen.

Der historische Marktplatz war der Kern des Örtchens und an ihm lagen ein paar hübsche Cafés und Boutiquen. Er war irgendwie niedlich, ich mochte ihn. Große Linden wuchsen, bis zum Stamm umpflastert aber dennoch majestätisch, an den Rändern. Unter ihnen standen schöne Bänke, auf denen heute natürlich niemand mehr saß, redete, lachte. Ihr Holz war vom Regen schon fast schwarz gefärbt worden.

Es prasselte weiter unablässig. Erneut erhob sich eine starke Windböe und peitschte den Regen vor sich her über den Platz, sie ließ auch die Zweige der Linden schwingen. Der Wind rüttelte an geschlossenen Sonnenschirmen und den flatternden Enden von eingerollten Markisen. Ich stand am Rand des Marktplatzes und beobachtete, hinter mir die Straßen und Wege, die an den vielen Gärten vorbei wieder zu meinem Häuschen führten. Durch die großen erleuchteten Fensterfronten der Läden war der Platz ein wenig heller als die Nebenstraße, aus der ich soeben herausgelaufen war. Der nasse Stein reflektierte die vielen Lichter und blinkte magisch, wie ein golddurchfluteter See.

Ein stetiges Quietschen drang jetzt langsam an meine Ohren. Es irritierte mich, denn vorher hatte ich es überhaupt nicht wahrgenommen. Zu versunken. Verwundert suchte ich nun mit schnellen Blicken die Quelle des Geräusches. Es war ein Schild. Über der Tür des nächsten Hauses schwang ein kleines Kupferschild, das wie in alten Zeiten an der efeubewachsenen Backsteinwand kunstvoll befestigt war. „Café Soleil" stand darauf.

Ich lächelte. Ich sah wieder die Holzstühle und kleinen Tischchen vor mir, die im Sommer auf dem Pflaster vor dem Café standen: cremefarbene Leinentischdecken, die im Wind flatterten und darauf lila blühende Lavendelsträußchen, die von der ein oder anderen Biene angeflogen wurden. Klapperndes Geschirr, leise gemurmelte Gespräche, helles Lachen, warme Sonnenstrahlen auf der Haut, der Duft von Kaffee und fröhliches Vogelgezwitscher. Die Erinnerung brandete wie eine große träge Welle über mich hinweg. Sie sog mich auf, bis es mir schien für einen Moment wirklich in die Vergangenheit geschlüpft zu sein. Ich sah meine Schwester und mich. Ein gemeinsamer Sommertag im Dorf. Wir lebten, lachten, genossen. Ein ausgedehnter Spaziergang über sonnenbeschienene warme Feldwege, vorbei an gelb strahlenden Rapsfeldern.

Zia liebte es auch wie ich in der kleinen Innenstadt Gassen zu erkunden, die Häuser zu beurteilen. Wer lebt wohl hier? Bestimmt ein exzentrischer Künstler, siehst du die Pinsel auf dem Pult? Sich vorzustellen, wo man selbst wohnen könnte. Wir tranken Kaffee, redeten unermüdlich, kauften Seelendinge und badeten in der Sommerbriese: wir atmeten förmlich die Sommerstimmung! Barfuß im Garten, Grashalme kitzeln zwischen den Zehen. Zia bestaunt die vielen Blumen und schattenspendenden Bäume. Sie schnuppert an Rosenblüten und Sonnenblumen. Wir kühlen unsere Füße im Teich. Ich sehe, dass mein Sonnentau wächst, eine Fliege hat er gerade erst gefangen...

Die Welle entließ mich langsam, schwankend. Das Bild wurde unscharf, blass, schwächer und schwächer. Unser Lachen verklang. Zias rote Locken verloren ihre Farbe auch die Sonne verschwand. Alles wurde wie vorher. Ich sah die dunklen nassen Pflastersteine, ich spürte wieder den kalten Wind und Regen auf den Wangen und bemerkte erst jetzt, dass mir kleine kugelige Tränen aus den Augen rollten. Meine Zia. Meine Zia. Nie mehr würde ich sie berühren und mit ihr reden können. Vergangenheit. Ferne. Unendliche Leere und Einsamkeit. Nein, nein, nein! In diesen dunklen Gedanken wartete nur bodenlose Traurigkeit und mein Inneres hatte Angst, große Angst vor dem Schmerz.

Eine schwarze Krähe hüpfte langsam über das Pflaster, das Gefieder nass, pechschwarz. Sie würde nicht gut fliegen können. Traurig wissend schien sie mich zu mustern. „Ja", flüsterte ich ihr leise zu. „Ich kann auch nicht mehr fliegen".

Nun begann ich wirklich zu schluchzen, ich konnte nichts dagegen tun. Etwas in meinem Innern schmerzte einfach so stark, drängte und zerrte in mir. Aber ich konnte und durfte das alles jetzt nicht zulassen. Also drehte ich mich um und rannte. Floh.

Ich arbeitete mich gegen Wind und Regen voran, ich sprang über Pfützen, meine Arme hatte ich angewinkelt, sie schwangen schnell im Rhythmus meines Laufes. Ich spürte nur Körper. Ansonsten schien mich eine Taubheit einzuhüllen. Ein ganzer Schwarm schwarzer Saatkrähen flog über mir unendlich schnell, vom tobenden Wind beschleunigt, mit einem unheimlichen „Zzzzzwusch" über den Himmel. Ich rannte weiter. Ich verschloss mich.

Nacht

Nacht. Ein heftiger Windstoß fuhr durch das offene Fenster in mein Zimmer. Der Regen prasselte hart gegen die Fensterscheibe und ich hörte das Heulen und Tosen draußen so laut, dass ich nicht einschlafen konnte. Die Bäume in meinem Garten rauschten und knarrten, der Wind schien sie ziemlich zu malträtieren.

Ich versuchte meine Gedanken zur Ruhe kommen zu lassen und das Toben zu ignorieren. Ich summte eine Melodie, aber das beruhigte mich nicht. Letztendlich wälzte ich mich nur von einer Seite auf die andere. „Charlotte, verdammt schlaf jetzt", strafte ich mich leise. Meine Stimme klang laut im dunklen, einsamen Schlafzimmer.

Irgendwann gab ich die Mühe auf und schwang meine Füße aus dem Bett. Die warme Bettdecke lag in einer sanften Welle hinter mir und ich bekam ohne ihren Schutz wie so oft eine Gänsehaut. Der Wind hatte mein Zimmer enorm ausgekühlt. Auf nackten Fußsohlen tappte ich über das Parkett, um zu meinem Schrank zu gelangen. Ich suchte schnell und ungeduldig im Dunkeln nach einem Knäuel Socken, dann trat ich ans Fenster und blickte in die Nacht hinaus. Ich atmete tief durch. Warum fühlte ich mich heute nur so seltsam? Ruhelos. Leer. Mein Gesicht fühlte sich vom Weinen noch immer irgendwie komisch an. Ich hatte wieder einfach nur Lust draußen in dem tobenden Sturm zu stehen, irgendwie befreiter. Heute war ein seltsamer Tag! Mehr dachte ich gar nicht. Ich bewegte mich wie eine Marionette, die von unsichtbaren Fäden gelenkt wird. Ich zog zusätzlich zu meinen Wollsocken noch eine Hose und eine Pullover-Jacke an und ging dann seltsam bedächtig nach unten, bemüht nicht aus Versehen auf der düsteren Treppe auszurutschen.

In meinem alten Regenparka und den großen Gummistiefeln trat ich dann hinten in den tobenden Garten und schloss die Terrassentür hinter mir. Es war stockdunkel. Die Straßenlaternen vorne an der Straße sendeten nur ein spärliches Licht in den Vorgarten und kamen nicht bis hier hinten. Der Mond war gefangen hinter den am Himmel aufgeballten Wolkenbänken. Es war ein gigantisches Schauspiel, hatten sich die Augen erst einmal an die Dunkelheit gewöhnt. Meine Umgebung unterteilte sich in pechschwarze Schemen, hellschwarze, graue und weißlich schimmernde. Ich glaube das Grün der Pflanzen bildete ich mir nur ein, da ich wusste, dass sie bei Tag diese Farbe hatten. Irgendwie lag über allem der Schimmer der Tagesfarben. Mein Gehirn ordnete.

Der Regen hämmerte immer noch unerlässlich auf die Pflanzen ein und der Wind schien nicht vorzuhaben sein Ziehen, Zerren und Heulen zu beenden. Die Welt schien ursprünglich. Alle Menschen schliefen jetzt wahrscheinlich tief und fest. Ich war elektrisiert.

Mit zwei Sätzen sprang ich die Verandastufen hinunter und bahnte meinen Weg über den inzwischen ganz schlammigen Rasen. Vorbei an Kräutern und Büschen, stapfte ich durch die aufgeweichte Erde. Sie gab unter meinen Schuhsohlen nach. Den Kopf streckte ich dem Regen entgegen. Die kleinen Nadeln trommelten auf meine

Wangen, aber es war nicht total unange-
nehm. Ich atmete. Der nasse Duft war ein-
zigartig, überfüllt und wunderbar. Der
Sturm brachte Neues, vermischte es mit
Altem und stürzte alles ins Chaos. War ich
deshalb so aufgewühlt? Ich spürte mehr
wie ich die Gartenpforte öffnete und
schloss, als dass ich wirklich dafür verant-
wortlich war. Dann ging ich weiter, den
kleinen Feldweg entlang, der direkt zum
Wald führte, weg von meinem Häuschen,
weg von dem kleinen Ort.

Hier gab es nichts. Kein Schein von Laternen, kein Asphalt oder gepflasterte Wege. Hier gab es die sturmumpeitschten Felder und die fliegenden Blätter und Äste.
Ich lächelte und schritt aus. Etwas in mir
rastete ein. Ich fühlte mich gut.

Ich kann wirklich nicht genau sagen wie lange ich einfach ging. Da war Regen, heulender Wind in den Ohren. Ich rutschte etwas auf dem matschigen Sandweg. Der überwucherte Graben an der Wegseite füllte sich immer weiter. Ich stellte mir vor, wie unglaublich wohl sich jetzt alle Frösche und Kröten fühlen mussten.

Ich kam in den Wald, ich ging weiter. Ich schob die Äste zur Seite. Sie schlossen sich hinter mir. Ich stapfte durchs nasse Laub. Keine Wege, einfach schnurstracks durchs Unterholz. Ich überquerte Lichtungen. Ich stolperte über rankende Pflanzen, fing mich wieder. Unheimlich knarrten die Kieferstämme. Äste und Zweige versperrten mir manchmal den Weg, ich musste sie umrunden oder über sie hinüberklettern.

Irgendwie vergaß ich mich in dieser Nacht und irgendwie fand ich mich. Hier, umgeben von dem duftendenden, schützenden, funkelnden Nass des Waldes, war alles so natürlich, war ich richtig, zu Hause. Plötzlich stolperte ich im Dunkel über eine Wurzel oder einen großen Ast, was genau es war konnte ich nicht sehen. Ich fiel hin und meine Hände gruben sich in die dicke nasse Blätterschicht als sie mich abzustützen versuchten. Ein guter modriger Geruch stieg sofort vom aufgewühlten Laub auf, ich atmete tief ein. Mein Herz pochte ganz schnell, verwundert über den Sturz und dann brach ich. Ungehemmt rannen mir auf einmal all die Tränen aus den Augen, die ich seit Monaten zurückhielt. Seit dem Tag, an dem Zia durch ihren Autounfall ums Leben gekommen war. Hier ließ ich endlich alles raus. Und da war nur Frieden im Wald, keine Verurteilung, nur Heilung, niemand sah mich, niemand bemitleidete mich, alles war einfach. Da schien die Blätterenergie sich auszustrecken, ein Flüstern, ein Wispern, ein sanftes Streicheln der Seele, Verständnis, Mitgefühl, willkommen heißen, Aufnehmen. Sinken. Ich sank tief in die Natur an diesem Abend, in dieser Nacht. Ich legte mich auf das weiche Waldbodenbett mit dem so vertrauten erdigen Geruch, der Nässe. Moose und Blätter kühlten mein erhitztes Gesicht. Ich kugelte mich in meinen Regensachen zusammen, machte mich ganz klein. Wollte mich festhalten, meine Seele zusammenhalten, denn Zias Fehlen riss so schmerzlich und dann waren da keine Tränen mehr nur ein dumpfes inneres Pochen, ein tiefer hohler Schmerz. Mein Gesicht musste einer unendlich traurigen Grimasse gleichen, verzerrt und ich war gezwungen meine Hand auf die Stelle zu drücken wo mein

Herz war, als könnte ich dem Schmerz so entgegentreten. Ihn aushalten. Die freudige Unbekümmertheit der Natur gab mir Hilfe und füllte etwas aus, aber es war nicht genug! Mein Kopf begann zu pochen, Gedanken wirbelten.

Ich kam mir verloren vor.

Wie soll man denn auch leben, einzeln, wenn man doch so untrennbar verbunden war mit dieser einen anderen Seele? Was zum Teufel mache ich bloß ohne sie? Ich weiß genau ich kann Zia nie mehr sehen, nicht mit ihr reden, nicht einfach mal anrufen, wenn mir danach ist. Die Welt scheint so leer, mein Haus beengt mich, weil ich so allein bin. Wie finde ich sie wieder, wenn sie fort ist? Wie finde ich ihren schwesterlichen Trost? Oh bitte, oh bitte, es muss möglich sein sie wiederzufinden? Ich brauche doch ihre Stärke und Kraft, ich war immer die Schwache von uns beiden gewesen.

Zia kann einfach nicht für immer fort sein! Ich brauche ihre Nähe. Einfach nicht mehr da. Seit dieser grausamen Nacht, seit dem bescheuerten Unfall. Und ich hab versucht es zu verdrängen. Aber das darf nicht sein, das ist falsch. Ich hab getan als könnte mein Leben einfach weitergehen, als könnte ich den Schmerz ausschalten. Aber es geht nicht. Indem ich ihn bekämpfe, wird er nur umso größer.

Ich zitterte.

Ich habe versucht Zia auszulöschen, überhaupt nicht mehr an meine, unsere, Vergangenheit zu denken, unsere Erinnerungen, unsere Geschichte, unsere Kindheit. Es schien mir einfach viel zu schwer, zu traurig. Das ist nicht richtig! Was ist, wenn sie vielleicht noch irgendwo hier in meiner Nähe ist? Vielleicht gibt es ja so etwas wie eine Geist- oder Seelenform von uns, die den Tod überlebt. Habe ich sie enttäuscht? Bin ich einfach nicht fähig dieses Reich zu betreten?

Ich habe kein Vertrauen.

Diese Antwort kam irgendwo aus mir, tief aus meinem Herzen und ich wusste; sie war wahr!

Ich habe Angst vor Schmerz und Enttäuschung. Die ganze Zeit über hab ich gedacht ich komme klar, ich bin stark, ich schaff das, ich brauche Zia nicht. Aber wer ist Charlotte, was ist Charlotte, was bin ich? Etwas hindert mich doch jetzt daran zu leben, ich komme nicht klar, ich schaffe nichts.

Irgendetwas sehe ich nicht. Vielleicht, dass Ich oder eher mein Leben nicht nur weltlich ist, dass da noch mehr ist. Ich meine, auch ich sterbe ja irgendwann und es ist jetzt wichtig mal zu überlegen, wie ich den Tod sehe. Ich meine, ich denke, ich glaube, dass ich dann immer noch sein werde.

Irgendwie.

Irgendwo.

Zia und ich, Geschwister, bestimmt zur Gemeinsamkeit. Wir hatten immer unsere tiefe Verbundenheit. Ich konnte spüren was Zia denkt, früher. Ich brauche sie! Vielleicht ist uns nichts und niemand Nahe ohne einen Sinn, das Leben existiert doch irgendwie für Liebe und Verbundenheit. Was wenn Zias Tod mich etwas lehren soll, lehren weiter zu lieben? Wir, wir waren uns so nah, es ist mir unmöglich meine Schwester nicht zu lieben, das habe ich jetzt gemerkt, all diese Liebe ist in mir und nun durch ihren Tod kann sie nirgendwo mehr hin. Aber nicht durch den Tod, durch mich! Ich stoppe die Liebe, ich fessle sie! Ich sollte Zia auch lieben nun, wo sie nicht mehr Mensch ist. Wir müssen Liebe verschenken, dann bekommen wir sie auch zurück, dann ist alles gut. Ein Band hat Zia und mich verbunden. Liebe. Ich spüre es noch, nur fehlt die Person am anderen Ende. Aber irgendetwas in mir drinnen will mir etwas sagen. Warum zum Beispiel bin ich überhaupt heute Nacht in den Wald gegangen? Warum konnte ich mir keinen gemütlichen Abend machen, wie sonst immer? Etwas hat das verhindert. Ich bin meinem Gefühl hierher gefolgt und das wollte nicht, dass ich einfach weitermache wie bisher. Was gibt es zu erkennen? Was ist hier im Wald besser?

Der Frieden.

Unberührtheit.

Uralte Weisheit.

Ich schaute auf und hob meinen schweren Kopf von dem nassen Boden. Blätter klebten an meiner Wange, meine Nase lief noch vom vielen Weinen und ich fuhr mit dem rauen Parkaärmel hinüber, um sie abzuwischen. Ich redete denkend in meinem Kopf: *Ich muss Zia Liebe senden. Zia? Zia bist du hier? Hör zu, ich liebe dich und ich gebe dir alle meine Liebe, du bist in meinem Herzen, für immer, versprochen.*

Ich konzentrierte mich mit aller Kraft auf das Band, das mich mit Zia im Leben verbunden hatte, kniff die Augen zusammen und ließ Liebe und Wärme und goldgelbes Licht hineinströmen, immer mehr und mehr, es war als wäre ein Damm in mir aufgebrochen. Ich ließ los.

Ich brauche Vertrauen Zia, ich brauche dich, deine Hilfe, deine Stärke, das Wissen, dass du noch irgendwie bist, ich kann nicht weiterleben, wenn ich dich so ausschließe, ich weiß du musst irgendwo sein und ich weiß du vertraust, dass ich dich finde. Hier, hier im Wald fühle ich mich gut, also musst du doch hier sein, oder? Komm liebste Schwester, oh bitte, lass mich nicht so zurück. Es tut mir Leid, dass ich so lange gebraucht hab zu verstehen, dass ich dich nicht löschen darf. Ohne dich und unsere Vergangenheit bin ich doch gar nicht richtig ich. Ich liebe dich. Vielleicht, ja vielleicht bist du ja noch da und spürst es und deswegen sage ich dir jetzt auch einfach noch etwas: Ich werde den Kontakt zu dir halten, ich werde mich an alles von dir erinnern und ich werde in mich hören, wann immer ich dich brauche, was du mir rätst, was du zu sagen hast. Ja! Irgendwie Zia, weiß ich hier in mir drinnen eh noch was du denkst.

Was dann folgte, kann ich nicht erklären, weil ich es einfach spürte, aber vielleicht gibt es ja jemanden auf der Welt, der mich versteht: Zia war da.

Ich wusste es einfach und es fühlte sich genauso an, wie wenn sie früher in meiner Nähe gewesen war, nur dass ich sie nicht sah. Ich schloss meine Augen ganz fest und fühlte nach unserem inneren Band, was seit unserer Kindheit immer bestanden hatte, und es schmerzte nicht mehr. Es summte. Zia war da. Worte, alle Worte, die ich benutzen könnte um es zu beschreiben würden nicht helfen, man würde mich eher verspotten. Aber sie war wirklich da, sie war, nicht einfach eine Ahnung, reine

Energie. Ja, Energie ist das richtige Wort, sie war hier bei mir mit ihrer Zia-Energie, genau wie ich sie im Leben gespürt hatte, nur jetzt körperlos und sie gab mir unendlichen Trost.

Ich wusste plötzlich, dass sie nicht gegangen war. Sie würde mich nicht verlassen. Wie sollte sie auch? Ist nicht alles auf der Welt für Liebe und Zuneigung gemacht? Ich habe Zias Liebe, die bleibt mir und ich möchte, dass sie bleibt, mich begleitet, wenn ich wieder lerne zu leben, zu lieben, zu vertrauen.

Samstag

Ich musste wohl irgendwann tief einge-
schlafen sein. Tief und Traumlos. Als ich
erwachte war der Himmel definitiv schon
sehr sehr hell. Nicht nur hell, der Himmel
war wolkenlos, vergissmeinnichtblau. Die
Sonne strahlte und funkelte in den Wald
hinein und über mir schwankten die riesi-
gen Baumkronen in einem lauen warmen
Wind. Das Grün der frischen Blätter vor
dem weiten Himmel. Der Sturm, der Regen,
vergangen. Ab und zu schüttelten sich üb-
riggebliebene Tropfen von den Bäumen und
trafen vereinzelt kalt auf mein Gesicht.
Plopp. Plopp. Ich blinzelte. Ich atmete. Ich
dachte nicht. Ich erwachte. Der Wald hin-
gegen schien schon voll erwacht, vergessen
der Sturm, fortgeweht. Ich hatte keine Ahnung wie spät es war, ich wusste nur, dass

ich mich steif und klamm kalt fühlte und ich die warme Luft um mich herum genoss. Ich räkelte mich und versuchte meinen Körper wieder zum Leben zu erwecken. Aua. Mein einer Arm hatte anscheinend die ganze Nacht angewinkelt unter meinem Kopf geruht, ihn jetzt zu strecken, schien für ihn eine total widernatürliche Bewegung zu sein. Ich bewegte ihn erst langsam einige Male auf und ab, bis ich das Gefühl hatte er würde wieder zu mir gehören.

Ansonsten war es wunderbar so im Wald zu erwachen. Rotkehlchen und Zaunkönige zwitscherten laut und munter in irgendeinem Geäst in meiner Nähe. Ich hatte den Geruch von dem noch nassen Blütenfrühlingswald in der Nase und hoch über mir rauschten leise die jungen Buchenblätter.

Ich gähnte und streckte meine Arme nach oben aus, dann rieb ich mir über die

Augen. Mein Gesicht fühlte sich definitiv noch etwas geschwollen an, vom Weinen, das war jedoch das Einzige was an meinen Zusammenbruch zu erinnern schien.

Ich rappelte mich auf, wobei ich eine Ruhe, tief in mir drin wahrnahm. Ich fühlte mich hier seltsam frisch und friedlich.

Allerdings hatte ich keine Ahnung wo genau im Wald ich war. Wo lang ging es nach Hause? Ich war ins Unterholz gelaufen, hier gab es keine Wege. Ich würde hoffentlich einen Weg zurück finden. Der Wald war groß und man konnte sich selbst in kleinen Wäldern leicht verlaufen und Stunden unterwegs sein. Ich schob diese unangenehme Vorstellung beiseite und lief einfach los.

Es hatte mir gut getan einmal richtig zu weinen! Während ich nun losstapfte, fühlte ich mich nicht hilflos und einsam, es war eher als ginge Zia irgendwie an meiner Seite. Ich lächelte still und glücklich.

Berauschend so durch den Morgenwald zu laufen. Ich hatte noch nie in Wald geschlafen, nur heimlich davon geträumt.

Der Wald lichtete sich immer mehr und dann war ich irgendwann am Waldrand angelangt. Hier war die Luft noch einmal viel wärmer. Ich schälte mich aus meinen Regensachen hängte sie mir über einen Arm und schaute mich um. Die Sonne kitzelte mein Gesicht, ich schloss die Augen, ich konnte wieder fühlen! Ich konnte wieder riechen! Die nasse Luft die vollends nach Natur duftete. Vor mir erstreckte sich eine große Wiese, auf der Löwenzahn und Kräuter und Blumen wuchsen, nicht weit entfernt nahm ich einen Sandweg wahr der in den Wald und hinaus zu führen schien. Aus dem Wald hinaus führte der Weg an Weidezäunen und noch grünen Kornfeldern vorbei, hin zu einem Dorf. Ein Kirchturm ragte aus ein paar Baumkronen im Tal. Ich schlenderte los, über die Wiese, die meine Beine umstrich, Richtung Sandweg. Die langen Halme der Gräser wogten sacht im Wind. Eine Lerche trällerte aufgeregt. Ich konnte ihren dunklen auf der Stelle tanzenden Körper vor dem Himmel ausmachen, wenn ich mit der Hand die Augen vor der Sonne abschirmte. Vorsommerlicher warmer Frieden ruhte über dem Tal. Ich kannte das Dorf, es war mein Nachbardorf. Von da aus gab es einen Bachweg nach Hause. Ich und Zia waren ihn oft gegangen. Vorbei an den großen Rapsfeldern.

Nun, wo ich den Weg sicher kannte, spürte ich, wie ich mich entspannte. Summend ging ich auf dem Sandweg und hatte das große Bedürfnis meine Schuhe abzustreifen und barfuß zu laufen, den Sand unter den Fußsohlen zu spüren, wie im Sommer. Aber ich hatte keine Lust die Schuhe auch noch zu tragen. Eine Hummel brummte nah an meinem Kopf vorbei, ich spürte ihren Luftzug. Eine Freiheit umflog mich. Sie, Frau Hummel, hatte ein Ziel, ich hatte ein Ziel, ich konnte auch fliegen, wenn ich wollte.

Die Sonne wärmte mein Haar. Ich atmete und lächelte und streckte die Arme aus, die Regensachen in meinen Händen raschelten dabei. Die Kirchturmuhr schlug. Ich achtete nicht auf die Zeit. Ich war zeitlos, ich betrachtete meine Beine, die in den Jeans gingen und gingen. Einen Schritt mehr.

Einen Schritt mehr. Und ich fühlte mich richtig, ich fühlte mich echt. Ich durfte hier sein, ich durfte leben. Wenn ich mein Herz befragte, sagte es mir wieder und wieder wie schuldig ich mich gefühlt hatte, über die letzten Monate hinweg, schuldig dass ich lebte. Aber ich war nicht schuldig. Ich war schuldig, wenn ich nicht lebte. Ich verzog meinen Mund. Ich konnte auch alleine hier sein, es war eine Sache der Gewöhnung, aber es war möglich, zu leben, zu heilen. Während ich ging und ging kamen die Gedanken freundlich und ruhig zu mir, ein einfaches Wissen, dass ich mich in der Heilung befand und das alles gut war, alles war wie es gehörte. Ich musste nichts tun, nur loslassen, nicht nur Zia, auch meine Mutter und meinen Vater. Man kann nicht für andere Menschen leben, sie kommen und gehen, sie gehören dir nicht. Man muss für sich leben, weil man sich selbst gehört, wie man sich auf der Welt nur gehören kann. Tod, was war das? Das Verschwinden deines Körpers, mehr nicht, oder? Zia war noch da und nur, wenn ich Ich war und nicht in Trauer versank, konnte ich auch mit ihr in Verbindung bleiben. Ich betrachtete die Bäume des Waldrandes, heute schienen sie mir lebendiger als je zuvor. Nur wenn ich Ich war konnte ich überhaupt in Verbindung treten, mit allem.

Mit allem kann man in Verbindung sein, wenn man sich öffnet, anders kann ich es nicht erklären. Die wirklichen zwischenmenschlichen Verbindungen passieren in einer anderen Welt als der physischen, einer feineren. Es gibt einen anderen Kommunikationskanal, den man automatisch in Verbindung mit Pflanzen und Tieren verwendet, ein uraltes Gedächtnis, dass ich jetzt erst wiederentdeckte. Die vergangenen Monate war Ich tot gewesen oder vom Schock überrumpelt und gelähmt. Aus der Nacht ging ich nun neu heraus, sicherer als ich mich jemals gefühlt hatte.

Gehen ohne zu sehen ist etwas witziges, irgendwie war ich während meines Denkens auf dem Feldweg gelandet der am Bach entlang nach Hause führte, vorbei am Raps, der blühte und einerseits duftete andererseits aber auch zu streng roch. Alles hier brummte von Insekten und der Sandweg war noch nass dunkelbraun. In den Gräsern am Wegrand flatterte es. Grashüpfer sprangen davon. Ich nahm mir absichtlich vor, nun einmal nicht in die Welt in mir zu verschwinden, sondern draußen zu sehen, zu erleben was der Frühling mir vorführte.

Bald sah ich mein Haus vom Feldweg her, den ich letzte Nacht in die entgegengesetzte Richtung entlanggegangen war. Ich hatte somit eine große Runde durch den Wald geschlagen.

Es tat gut alles ganz neu zu betrachten, die feinen Backsteine, und die roten Dachziegel, die in das Grün meines Gartens eingebettet waren. Der Apfelbaum blühte nach dem Regen. Auf dem Rasen lagen Äste, Blätter, alles Übrigbleibsel des Sturms.

Zia stand unter dem Apfelbaum und als sie sich umdrehte und mich erkannte, winkte sie und lächelte matt. Ich blieb stehen und blinzelte. Meine Brust zog sich zusammen, mein Herz schlug schneller. Ich schüttelte den Kopf und schaute noch einmal, nun war Zia weg. Ich verstand. Ich ließ jetzt erst, nach langer langer Zeit, meine inneren Bilder wieder zu und auch wenn es schmerzte, Zia war immer Teil meines Gartens gewesen und ich hatte sie zu lange ausgesperrt. Es war nur Zias Geist, der es genoss wieder aufgenommen worden zu sein.

Ich lebte wirklich. Ich würde weiterleben. Meine Erinnerungen an Zia waren Teil meines Lebens. Mit ihnen würde ich auch sie hier lebendig erhalten, für mich, für unsere Familie.

Als ich den Blick von meinem Garten löste und auf das Haus guckte sah ich meine Mutter auf der Terrasse sitzen. Ich ging schneller und öffnete die hintere Gartenpforte.

„Hallo Mama", sagte ich und war glücklich ihr liebes Gesicht zu sehen, nicht allein zu sein, ich ging zu ihr und umarmte sie.

„Lotte, wo kommst du denn her, ich habe mich gewundert, warum du nicht da bist, hatten wir nicht abgemacht ich solle Samstag um zwei zum Kaffee trinken kommen?"

Man schien mir die seltsame Nacht nicht anzumerken, aber es sah ja auch so aus als hätte ich nur einen Spaziergang gemacht. Nur meine Regensachen, die ich nun auf einem Gartenstuhl ablegte, verrieten mich und passten nicht ins Bild, die beachtete Mama aber gar nicht.

„Wie spät ist es denn?" fragte ich, „ich habe im Wald total die Zeit vergessen."

Mama winkte ab. „Ach gar nicht so spät, halb so wild, es ist erst viertel vor drei und ich hab mich hier wunderbar ausgeruht." Sie zwinkerte. „Außerdem weiß ich ja wo dein Schlüssel ist, da konnte ich mein kleines Mitbringsel vor den Wespen und Fliegen in Schutz bringen"

Wir gingen hinein in mein Häuschen und auf der Anrichte in der Küche stand ein wundeschöner großer Pflaumenkuchen.

„Wow" sagte ich nur. Ich hatte einen Bärenhunger!

Mama setzte Tee- und Kaffeewasser auf und während es kochte wollte sie draußen den Tisch decken. Ich flitzte ins Badezimmer, duschte mich in Sekundenschnelle kalt ab und zog dann ein einfaches buntes Baumwollkleid über. Danach ging auch ich hinaus, wo die Kaffeetafel schon auf mich wartete

„Ein richtiger Sommerfrühlingstag", sagte Mama, sie hatte die Tischdecke über dem Tisch ausgebreitet und es sah wunderbar gemütlich aus.

„Ich bin immer ein neuer Mensch nach einer so kalten Dusche", sagte ich zufrieden und schnappte mir ein Kuchenstück vom Tisch. Ich wollte durch meinen Garten gehen, barfuß, und als ich es tat, spürte ich das Gras unter meinen Füßen flüstern.

„Wie geht es dir Lotte, was machst du jetzt eigentlich?" fragte meine Mutter, sie setzte sich hin und schaute mich an, wir hatten uns nun schon länger nicht mehr gesehen.

Ich zuckte mit den Schultern. Ich wusste gerade gar nicht wo mein Leben hingehen sollte, nur das es erst jetzt wieder unendlich viel Spaß machte zu sein und zu atmen.

„Ich hol mir einen Hund", sagte ich und es fühlte sich an als würden meine Augen vor Freude funkeln „und werde endlich meine Kinderbücher malen und schreiben, die schon seit Ewigkeiten hier drin warten erzählt zu werden." Ich fasste mir ans Herz und staunte nicht schlecht, über all das hatte ich noch nie nie nachgedacht, das hatte sich gerade erst beim Reden entwickelt. Oder, stimmte das? Hatte ich nicht in mir schon immer gewusst was ich machen wollte? Hatte das Wissen darüber nicht nur geschlafen und war nun plötzlich erwacht? Ich wusste es nicht mit Sicherheit, aber es war auch egal, der Gedanke Erzählerin zu sein, fühlte sich richtig an, richtig und bekannt.

Mama legte den Kopf schief und schob sich mit der Gabel ein Stückchen Pflaumenkuchen in den Mund. Ich biss ebenfalls von meinem ab, es lag in meiner Hand: lila violett gelb und so schmeckte es auch, es schmeckte säuerlich köstlich. Ich balancierte auf einem Stein, der neben dem Teich lag. Mama nickte nun.

„Das passt. In deinem Herzen bist du eine Künstlerin Lotte", sagte sie.

Winterhund

Heute ist es kalt, grau und weißstürmisch. Es ist wieder Winter. Wie die Zeit vergeht... ich weiß gar nicht warum ich das erzähle, es ist eigentlich vollkommen irrelevant. Aber ich bin heute einfach so glücklich. Ich liege in meinem Bett und der Wind rüttelt an meinem Haus, das einfallende Licht ist trüb und dunkel, es motiviert einen liegen zu bleiben. Die Luft, die ins Zimmer weht, riecht nach Schnee, ich atme tief und ziehe die Bettdecke enger um mich. Ich lächele als ich an den vor mir liegenden Tag denke, allein, na ja fast allein, verbringe ich ihn, ruhig und ohne Vorkommnisse.

Einen Tag später

Der Schnee knirscht unter meinen Sohlen, die Luft ist frisch eisig und aus dem Gebüsch neben dem Weg piepsen ein paar Vögel fröhlich zu mir hinüber, weil die Sonne heute scheint und den Schnee zum funkeln bringt. Ich laufe und atme und ich bin irgendwie ganz da. Und zufrieden. Ich senke den Kopf und lächle auf Leila hinunter, die am Wegesrand schnuppert. Leila ist meine treue Golden Retriever Hündin. Im Sommer habe ich sie aus dem Tierheim geholt und seitdem begleitet sie mich. Nun guckt sie auf, die Kluge hat meinen Blick wohl bemerkt. Fragend schaut sie mich an, aus dunklen Augen.

„Du und ich wir sind schon zwei", sage ich ruhig zu ihr und sie blinzelt. Ich lächle, bücke mich und streichle sie. Leila wendet den Kopf genießerisch zur Seite und öffnet ihr Mäulchen und ich hocke mich hin und kraule sie, woraufhin sie meinen Arm ganz vorsichtig in den Mund nimmt. *Komm,* scheint sie zu sagen. *Lass uns etwas spielen.* Ich atme die kalte Luft glücklich tief ein und schaue auf die weißen Felder zurück, während ich Leilas Wärme unter meiner Hand spüre. Die Sonne erzählt mir, dass der nächste Frühling nicht mehr weit ist und ich weiß auch nicht, heute kann ich mich nur freuen. Ich stehe wieder auf und wende mich dem Wald zu, da sehe ich Zia. Da steht sie am Waldrand. Ihre roten Haare blitzen in der Sonne und sie hat eine Hand über die Augen geschirmt. Sie sieht zufrieden aus, sie winkt mir und ich kriege einen Kloß im Hals.

„Es wäre so schön wenn du hier mit uns sein könntest" flüstere ich, ich weiß, dass sie mich hört. Sie lächelt und zuckt die Schultern. Für sie scheint alles richtig zu sein. Ich blicke zu Leila, sie blickt ebenfalls in Zias Richtung, aber wahrscheinlich nur weil ich dort so angestrengt hingestarrt habe. Ich schaue wieder zum Waldrand, aber Zia ist verschwunden.

„Du würdest sie geliebt haben" sage ich zu Leila. Leila hat sich jedoch schon abgewendet und läuft am Boden schnuppernd voraus.

Genug philosophiert, scheint sie zu sagen, *Zeit sich wieder den wichtigen Dingen zu widmen. Hmmm, wer ist hier heute denn noch so langgelaufen?*

Ich habe angefangen zu schreiben, jeden Nachmittag und es hilft mir. Ich bin geerdet, ich bin ruhig. Und nun lebe ich einfach. Ich lasse die Dinge kommen. Etwas was ich vorher nicht konnte. Ich lerne jeden Tag. Lerne wie ich einfach fließen kann. Das ist mein Wunsch. Ich schaue in den Himmel und strecke die Nase in die Luft, atme tief und stolz.

„Das wünsche ich mir", flüstere ich ins Universum „ich will im Leben fließen, wie ein Fluss, mit allem gurgelnd, glucksend zurechtkommen und eine Melodie in die Welt plätschern, ich will mal schnell vorbeirauschen, mal langsam und träge vor mich hin treiben, ich will mal klar und verständlich sein, rein und schön und mal trübe und aufgewühlt, geheimnisvoll und gefährlich, ohne zu bewerten."

Ich spüre, dass mein Wunsch in greifbarer Nähe liegt, wenn ich nur eine Sache, eine Sache, loslasse, an die ich mich immer noch klammere, wie an einen Rettungsanker. Die Kontrolle. Ich sollte die Kontrolle ziehen lassen, die ich über meine Tage gelegt habe wie eine schwere Decke. Aus Angst habe ich mich unter dieser Decke verkrochen, aus Angst noch einmal so hilflos und unfähig zu sein, wie damals als ich Mamas Anruf bekam, wegen Zia.

Danksagung

Ich möchte mich nicht nur bei den vielen lieben Menschen bedanken, die mich unterstützt und an mich geglaubt haben, sondern auch bei den wunderschönen Orten an denen diese Novelle entstanden ist. Die Idee zu ihr, kam mir auf einer Zugfahrt von Kassel nach Marburg, es war Winterzeit und draußen vor den Zugfenstern war es dunkel. Ich saß im hell erleuchteten Abteil und eine Idee schwirrte mir im Kopf herum, es waren nur Fäden eines Netzes und ich schrieb sie auf. Die Idee zu meinem ersten Buch aber, war geboren. Somit wird *Adlernebel* mich immer an meine Studienzeit in Marburg erinnern, vor allem an die langen Spaziergänge im Wald...

Beendet habe ich das Buch aber letztendlich ein paar Jahre später in einem Cafe in Groningen an einem superheißen Sommertag. Jedes meiner Bücher reist mit mir und ich bin der Welt dankbar, dass sie so wunderschön, warm, inspirierend und farbenfroh ist!

Ich danke meinen Eltern, Edith und Bernhard, dass sie mich, meinen Traum und mein Studium immer vollkommen unterstützt haben. Ihr habt mir Flügel gegeben. Ich danke meiner Schwester, Teresa, die alle meine Sachen unbedingt lesen muss, weil ich nur ihrem Urteil wirklich vertraue. Du bist die beste Schwester der Welt, deshalb ist das hier für dich. :) Ich danke all meinen Freunden, aber besonders dir JenJen für all die wunderbaren Gespräche über das Leben und seinen Sinn. Ich danke dem Team von Tredition, das alle meine Fragen geduldig beantwortet hat und das es mir ermöglicht kreativ und selbstbestimmt zu arbeiten. Euer Verlag ist toll!

Dann danke ich natürlich all meinen Lesern und Zuhörern. Ich hoffe ihr liebt das Buch so sehr wie ich.

Und als letztes danke ich meinem süßen lieben Schatz, Oliver. Du machst mich glücklich und gibst mir jeden Tag Liebe und Kraft und Freude und Ruhe, ohne dich würde ich nur halb so gut schreiben. Ich liebe dich!

Zeitfracht Medien GmbH
Ferdinand-Jühlke-Straße 7
99095 Erfurt, Deutschland
produktsicherheit@kolibri360.de